Michel
Coulareau

Copies conformes

suivi de

La mauvaise note

SOMMAIRE

Michel Coulareau

Il est auteur d'une centaine de saynètes humoristiques pour enfants : *Premiers rôles pour petits drôles*, qu'il fait jouer par sa propre compagnie enfantine : Les Petits Drôles. Il a aussi écrit pour les adultes deux vaudevilles à succès : *Double-scotch* et *Quel père ? Quel fils !*

Les pièces de cet ouvrage ont été initialement publiés dans *20 pièces à jouer*,

ISBN : 978-2-7256-2071-8

Copies conformes

Personnages :
Le principal,
mademoiselle
Perlefine,
la secrétaire,
monsieur Cruchon,
le père,
madame Cruchon,
la mère

Accessoires :
Quelques accessoires
de bureau,
1 interphone factice
que le directeur
utilisera
pour appeler
sa secrétaire,
1 sac à main bien garni
de mouchoirs en papier
pour la mère de l'élève,
1 dossier contenant
les copies,
1 bureau,
2 chaises,
1 fauteuil

Monsieur Cruchon
Bonjour, mademoiselle...

Mademoiselle Perlefine
Bonjour... Entrez, je vous en prie.

Monsieur Cruchon
Je suis monsieur Cruchon... Célestin Cruchon... Et voici mon épouse, Germaine...

Mademoiselle Perlefine
Ah ! oui, en effet... Monsieur et madame Cruchon...

Monsieur Cruchon
Monsieur le principal nous a convoqués.

Mademoiselle Perlefine
C'est exact... Monsieur le principal va vous recevoir.

Monsieur Cruchon
Parfait.

Mademoiselle Perlefine
Je vous demande un tout petit instant de patience... Asseyez-vous, je vous prie.

Monsieur Cruchon
Merci mademoiselle. *(Ils s'asseyent face au bureau du principal. Monsieur Cruchon s'adresse à sa femme.)* N'aie pas peur, Germaine, ça va bien se passer...

Mademoiselle Perlefine
Monsieur le principal ne devrait plus tarder... Ah !.. Justement, je crois qu'il arrive...

Le principal entre ; monsieur et madame Cruchon se lèvent ; mademoiselle Perlefine s'éclipse.

Le principal, *l'air sévère.*
Bonjour... Vous êtes monsieur et madame Cruchon, je présume ?...

Monsieur Cruchon
Oui, monsieur le principal... Vous nous avez convoqués...

Le principal
C'est cela, oui...

Madame Cruchon
...Et nous sommes un peu inquiets...

Le principal
Ah ! Il y a de quoi, madame !... Asseyez-vous...

Les Cruchon s'asseyent ; le principal reste debout en arpentant la pièce.

Monsieur Cruchon
C'est au sujet de notre fils, je suppose ?...

Le principal
Évidemment !... Il s'agit bien de votre fils... Sébastien, si je ne me trompe ?...

Madame Cruchon
Oui, c'est bien ça, monsieur le principal... Sébastien...

Le principal
Eh, bien ! voilà... Je n'irai pas par quatre chemins : votre enfant a fait une bêtise...

Monsieur Cruchon, *à son épouse.*
Une bêtise... Je m'en doutais...

Le principal
Et même... une GROSSE bêtise...

Madame Cruchon
« Grosse-grosse » ?

Le principal
Certes, elle n'est pas « énorme-énorme »... Mais elle est toutefois... Comment dirais-je ?... Disons... « suffisante »...

Monsieur Cruchon
De quoi s'agit-il, monsieur le principal ?

Le principal
Eh, bien ! voilà !... En un mot comme en mille, je vous le dis tout net : votre fils est un copieur !

Madame Cruchon
Sébastien, un copieur ?... Ce n'est pas possible !

Monsieur Cruchon
Ah ! Ben, ça, alors !...

Le principal
Cela semble vous surprendre, monsieur Cruchon ?

Monsieur Cruchon
Ben, oui... Forcément !..

Madame Cruchon
Sébastien ne nous a pas habitués à cela, jusqu'à présent...

Le principal
Hélas !... Il y a un début à tout, madame...

Monsieur Cruchon
Mais enfin, monsieur le principal, comment pouvez-vous affirmer que Sébastien est un... copieur ?

Madame Cruchon
L'avez-vous donc pris sur le fait ?

Le principal
Non, certes... Pas en « flagrant délit »...

Monsieur Cruchon, *à son épouse.*
Ouf ! C'est déjà ça !

Madame Cruchon
A-t-il avoué qu'il copiait ?...

Le principal
Non, non, pas davantage... Tout au contraire, il persiste à nier, mais...

Monsieur Cruchon
Mais ?

Le principal
Mais les preuves sont accablantes...

Madame Cruchon
Accablantes ?!!! *(Elle sort un mouchoir.)*

Le principal
Ce qui me met dans l'obligation de donner à votre fils un avertissement...

Monsieur Cruchon
Ouille, ouille, ouille : un avertissement !...

Le principal
Et s'il récidive, il sera mis à la porte du collège pendant trois jours...

Madame Cruchon, *pleurnichant.*
Mon Dieu !... Quelle histoire !

Monsieur Cruchon
Vous êtes donc **sûr** qu'il a copié ?

Le principal
Certain, cher Monsieur !

Madame Cruchon, *en sanglotant.*
Quelle catastrophe !

Le principal
D'ailleurs, je vais vous en fournir la preuve... *(Il utilise l'interphone.)* Mademoiselle Perlefine ?... Veuillez m'apporter le dossier « Cruchon », s'il vous plaît. Merci.

Madame Cruchon, *en pleurnichant, à son mari.*
« Le dossier Cruchon ! » Tu as entendu ? Il a déjà un dossier !... Le pauvre !

Monsieur Cruchon, *gentiment, à son épouse.*
Calme-toi, Germaine, calme-toi... Ça pourrait être pire : il aurait pu passer sous l'autobus !

Madame Cruchon, *redoublant de sanglots.*
Oh ! Non, pitié ! Pas l'autobus !..

Entrée de mademoiselle Perlefine, tendant un dossier au principal.

Mademoiselle Perlefine
Voici le dossier de l'élève Cruchon Sébastien, monsieur le principal.

Le principal
Merci ! Est-il complet, au moins ?

Mademoiselle Perlefine
Bien sûr, monsieur le principal. Je me suis même permis d'y joindre les photocopies concernant l'élève Tricard Nicolas.

Le principal
Vous avez bien fait : je vous en remercie.

Mademoiselle Perlefine
Vous avez encore besoin de moi, monsieur le principal?

Le principal
Non! Merci. Vous pouvez disposer.
La secrétaire sort; le principal s'installe à son bureau.

Madame Cruchon
Ni... Nicolas Tricard?... Mais... C'est le meilleur copain de Sébastien!

Le principal
En effet, Madame... Il n'empêche que c'est précisément sur Nicolas Tricard que votre enfant a copié...

Monsieur Cruchon
C'est normal : en classe, ils sont assis à la même table, alors...

Le principal
Ah! Vous trouvez ça « normal », vous, que l'on copie sur son meilleur ami!?

Monsieur Cruchon
Mais non, bien sûr! Simplement, ils sont côte à côte... Alors, forcément...

Le principal
« Forcément! »... Vous n'ignorez pas, cher monsieur Cruchon, que « copier, c'est voler »?... N'est-ce pas?...

Monsieur Cruchon
Oui... Si on veut...

Le principal
Comment ça, « si on veut » ?...

Monsieur Cruchon, *embarrassé.*
Mais non... Euh... Je voulais dire...

Le principal
Alors, si, en plus, on commence par voler **son meilleur ami...** Où allons-nous ?... Je vous le demande...

Madame Cruchon, *pleurnichant de plus belle.*
C'est incroyable !

Monsieur Cruchon, *à son épouse.*
Voyons, Mémaine, calme-toi... Pense à l'autobus...

Madame Cruchon
Bouh ! bouh !... L'autobus !...

Le principal
Bon !... Venons-en aux faits, voulez-vous ?

Monsieur Cruchon
Oui, c'est ça : aux faits, aux faits...

Le principal
J'ai donc, ici, devant moi, deux copies...

Madame Cruchon
Deux copies ?

Le principal
Oui, deux copies concernant la dernière interrogation de sciences naturelles de notre excellent professeur, monsieur Baudruche.

Monsieur Cruchon
Ah ! oui... Monsieur Baudruche, le barbu...

Le principal
C'est cela, oui... J'ai donc ici la copie d'un certain Cruchon Sébastien...

Madame Cruchon, *sanglotant.*
Mon petit Sébastien...

Le principal
Et j'ai, ici, la copie du fameux copain, Tricard Nicolas... Or, il se trouve que ces deux copies sont absolument i-den-ti-ques !

Monsieur Cruchon
Il s'agit, peut-être, d'une simple coïncidence.

Le principal
Une « coïncidence » !... Tiens donc !... Je m'attendais à cette remarque...

Madame Cruchon
Ce n'est pas une coïncidence ? Mon Dieu !...

Monsieur Cruchon, *à son épouse.*
Un peu de cran, Mémaine, que diable !

Le principal
Voyons cela dans le détail, voulez-vous ?

Monsieur Cruchon
Oui, s'il vous plaît... On y verra plus clair.

Le principal
Alors... Première question : « Citez un mammifère. »

Madame Cruchon
Un mammifère ?...

Le principal
Un mammifère, oui !... Alors, réponse Tricard : « la vache »... et réponse Cruchon : « la vache »... Qu'en dites-vous ?...

Madame Cruchon
Ben, sans vouloir vous offenser, monsieur le principal, la vache est, tout de même, le mammifère qui vient immédiatement à l'esprit, n'est-ce pas ?...

Monsieur Cruchon
Ne serait-ce qu'à cause des mamelles, monsieur le principal...

Le principal
Les mamelles ?...

Monsieur Cruchon
Oui, car, qui dit « mammifère », pense « mamelles »... Et qui pense « mamelles », dit « vache », n'est-ce pas ?

Le principal
M'ouaih... Je suis bon prince, je vous le concède : la fraude, jusque-là, n'est pas flagrante... Mais passons à la deuxième question...

Madame Cruchon
Oui, c'est ça : poursuivons...

Le principal
Donc, deuxième question : « Citez un poisson. » Alors, réponse Tricard : « la sardine »... et réponse Cruchon : « la sardine »...

Monsieur Cruchon
La sardine ?...

Le principal
Oui, « la sardine » !... Avouez que c'est déjà étonnant : parmi tous les poissons qui peuplent nos rivières, nos fleuves et nos océans, nos deux petits amis ont pêché... la même et malheureuse sardine ! Des commentaires ?

Madame Cruchon
Non, bien sûr... Quoique...

Le principal
Quoique... quoi, madame Cruchon ?

Madame Cruchon
Voyez-vous, monsieur le principal, des sardines, nous en mangeons souvent à la maison...

Le principal
Oui, et alors ?

Madame Cruchon
Et il nous arrive aussi d'inviter le petit Nicolas... qui mange alors des sardines... Ceci explique, peut-être, cela ?...

Le principal
Et des... libellules, vous en mangez, aussi, souvent, à la maison ?

Monsieur Cruchon
Des libellules ?... Non ! Jamais !... Pourquoi ?

Le principal
Parce qu'à la troisième question : « Citez un insecte », nous avons comme réponse, d'un côté : « la libellule verte des marais », et de l'autre : « la libellule verte des marais »... Troublant, non ?

Madame Cruchon, *dépitée.*
Évidemment, là, la libellule, c'est moins courant...

Le principal
Qui plus est, quand elle est « verte » et « des marais »...

Madame Cruchon
Oui, bien sûr... À moins que...

Le principal
À moins que quoi, encore ?...

Madame Cruchon
Eh bien, le père du petit Nicolas et mon mari exercent le même métier...

Le principal
Vous êtes éleveur de libellules, monsieur Cruchon ?

Monsieur Cruchon
Non, monsieur le principal... *(Fièrement.)* Pilote d'hélicoptères.

Madame Cruchon
Et alors, forcément, entre « hélicoptère » et « libellule », il y a une similitude...

Monsieur Cruchon
D'autant que les hélicoptères sont souvent de couleur « verte »...

Le principal
Il est vrai, aussi, que parmi les cinq millions de variétés d'insectes qui peuplent la planète, la plus répandue est, sans doute, la libellule !... Et pas n'importe quelle libellule : « la libellule verte des marais »...

Monsieur Cruchon, *embarrassé.*
Oui, évidemment... Vu sous cet angle...

Madame Cruchon
Y avait-il d'autres questions ?

Le principal
Oui, Madame : deux autres... Quatrièmement : « Citez un animal préhistorique. »

Monsieur Cruchon
Alors là, Germaine, ça se corse...

Le principal
Comme vous dites, monsieur Cruchon : ça se corse ! Eh

bien, devinez ?... Nous avons eu droit, d'un côté, à un « tricératops laineux »...

Monsieur Cruchon, *à son épouse.*
Quès aco ?...

Le principal
Eh ! oui !... Et, de l'autre,... à un second « tricératops laineux » !... Curieux, non ?...

Madame Cruchon
Quelle coïncidence !...

Le principal
Ben, voyons !... Encore une coïncidence !... Il faut reconnaître que, parmi tous les dinosaures, diplodocus et compagnie, la bestiole la plus sympathique, la plus souriante, et donc, la plus attachante, c'est bien le tricératops laineux ! J'ai bien dit : « laineux »...

Monsieur Cruchon
Oui, en effet... C'est curieux, comme réponse, le « trimachin-chose laineux »...

Le principal
Alors, quant à la dernière question, c'est là que la tricherie saute aux yeux...

Monsieur Cruchon
Si vous me permettez, monsieur le principal... Vous accusez **Sébastien** de copier sur Nicolas... C'est bien ça ?

Le principal
Tout à fait, cher Monsieur.

Monsieur Cruchon
Et si c'était... l'inverse ?

Madame Cruchon
C'est vrai, ça !... Si c'était plutôt **Nicolas** qui copiait sur Sébastien ?

Le principal
Nous y venons !... Les réponses à la dernière question nous fournissent le nom du copieur...

Monsieur Cruchon
Ah bon ?... Et quelle était cette dernière question ?

Le principal
Dernière question : « Citez un gastéropode terrestre. »

Monsieur Cruchon
Un gastérologue terrestre ?... *(À son épouse.)* De mieux en mieux...

Madame Cruchon
C'est-à-dire : un escargot ou une limace ?...

Le principal
Tout à fait, chère Madame : l'escargot ou la limace...

Monsieur Cruchon
Dans ce cas précis, je vous ferai remarquer qu'il y avait là une chance sur deux d'obtenir la même réponse : « escargot » ou « limace »...

Madame Cruchon
...Sans pour autant qu'il y ait « copiage »...

Le principal
Je vous l'accorde!... Hélas, les réponses obtenues sont très éloignées de l'escargot et de la limace...

Monsieur Cruchon
Allons bon!... Décidément...

Le principal
Eh! Oui!... Voici la réponse de Nicolas Tricard : « Je ne sais pas. »

Monsieur Cruchon
Tiens donc!... Et Sébastien, aussi, a répondu : « Je ne sais pas »?

Le principal
Non, justement!... Sébastien n'a pas répondu : « Je ne sais pas. »

Madame Cruchon
Eh bien alors!!? Cela prouve qu'il n'a pas copié!

Le principal
Et si, pourtant!... Sébastien a copié...

Monsieur Cruchon
Mais enfin, monsieur le principal!... S'il avait copié, il aurait écrit : « Je ne sais pas »!... Ou, alors, à la rigueur, il n'aurait rien écrit du tout!...

Le principal
Ah ! Mais je vous rassure, monsieur Cruchon : Sébastien a fourni une réponse...

Madame Cruchon
Ah ! Tout de même !

Le principal
Nicolas Tricard a donc répondu : « Je ne sais pas. »

Monsieur et Madame Cruchon
Et Sébastien ?!!

Le principal
Et Sébastien... : « Moi non plus. »

Monsieur Cruchon
Mon Dieu !... Quelle andouille, ce gosse !...

RIDEAU

La mauvaise note

Personnages
1 présentateur (ou une voie *off*),
le papa,
2 à 14 enfants,
(le même garçon et
la même fille pour
l'ensemble des gags,
ou des enfants
à chaque fois différents).

Accessoires
1 fauteuil,
1 journal,
2 tabourets.

Le présentateur (ou une voix *off*), *avant l'ouverture du rideau.*

Mesdames et Messieurs, petits et grands, il nous est arrivé à tous (ou il nous arrivera) d'avoir à effectuer la démarche (ô combien délicate !) suivante :

ANNONCER, « EN DOUCEUR », À SON PAPA, QUE L'ON VIENT D'OBTENIR UNE BIEN MAUVAISE NOTE EN CLASSE !..

Voici donc, maintenant, quelques petites astuces qui vous sont offertes gratuitement pour vous aider à franchir, avec succès et sans trop de risques, cette terrible épreuve... Chers amis spectateurs, voici : *LA MAUVAISE NOTE.*

Ouverture du rideau.
À l'ouverture du rideau, personne n'est en scène. L'installation du papa va s'effectuer « en direct », devant les spectateurs, de la façon suivante.

Le présentateur *(ou une voix off)*.
Voici donc, chers amis spectateurs, la marche à suivre : D'abord, laissez votre papa s'installer confortablement dans son fauteuil. *(Le papa entre en scène, un journal sous le bras.)* Il est si fatigué, ce pauvre papa !... *(Le papa se laisse choir, en soupirant, dans son fauteuil.)*

C'est qu'il vient de vivre une longue journée de travail !... Laissez-le donc se plonger dans la lecture de son journal favori... *(Le papa déplie son journal.)* Attention... c'est le moment !... Prenez votre courage à deux mains et puis... attaquez ! En ayant l'air, bien sûr, le plus naturel et le plus décontracté possible...

Les enfants – qui se succèdent – utilisent, tour à tour, les tabourets placés à côté du fauteuil. Dès que son gag est terminé, chaque enfant quitte prestement la scène.

1

L'enfant, *enjoué.*
Papa !... Papa !... J'ai une bonne devinette...

Le papa
Bien, je t'écoute, mon enfant...

L'enfant
Bon alors... Dis un chiffre – au hasard – entre... entre 2 et 4...

Le papa, *étonné.*
Entre 2 et 4 ?...

L'enfant
Oui, oui, au hasard, entre 2 et 4...

Le papa, *haussant les épaules.*
Ben... 3, pardi !

L'enfant, *admiratif.*
Alors ça, c'est magique !..

Le papa, *étonné.*
Magique ?...

L'enfant, *enjoué.*
Tu as juste deviné combien j'ai eu ce matin, en conjugaison : 3 sur 20 !... Alors là, papa, chapeau !..

2

L'enfant
Dis, papa... Tu sais la note qu'a eue Thomas, ce matin ?

Le papa, *surpris.*
Eh bien non, aucune idée !..

Amandine F

L'enfant
Eh ben, il a eu zéro sur vingt, Thomas !

Le papa
Mais dis-moi, plutôt... Combien as-tu eu, **toi** ?... Pas comme Thomas, j'espère...

L'enfant
Oh ! non, pas du tout !... Moi, j'ai eu le **double** de Thomas...`

3

Elaine

L'enfant
Dis, papa, tu as gagné, au loto, aujourd'hui ?

Le papa
Oh ! non, hélas !... Je n'ai eu qu'un bon numéro sur six !

L'enfant
Un sur six !... Ce n'est pas terrible, ça !

Le papa
Comme tu dis, oui : ce n'est pas terrible...

L'enfant
Eh bien moi, papa, je t'ai battu, aujourd'hui !

Le papa
Battu ?... Pourquoi ?... Tu as joué au loto ?

L'enfant
Mais non !... Pas au loto !... Moi, j'ai joué en... orthographe...

Le papa
Et alors ?

L'enfant
Et alors, moi, j'ai eu 2 sur 10 !..

Le papa, *outré.*
2 sur 10 !!?...

L'enfant
Ben tu as bien eu 1 sur 6, toi !... Et en plus...

Le papa
Et en plus quoi ?...

L'enfant
Et en plus, à moi, ça ne m'a même pas coûté un rond !..
Et toc !..

4

L'enfant
Dis, papa, tu sais ce que ça mange, toi, un ornithorynque ?...

Le papa
Un quoi ???

L'enfant
Un ornithorynque...

Le papa
Quès aco, ça, un ornitho... chose ?...

L'enfant
Bon d'accord, j'ai compris : alors match nul, zéro à zéro !..

Le papa
Comment ça, « match nul, zéro à zéro » ?...

L'enfant
Ben oui : toi aussi, papa, tu aurais eu zéro en biologie !... Alors, match nul, zéro à zéro...

5

L'enfant, *très heureux.*
Papa, papa !... C'est formidable !...

Le papa
Qu'y a-t-il donc de « formidable » ?...

L'enfant
Écoute-moi bien, papa : en géographie, j'ai eu 20 sur 20, ce matin !

Le papa
20 sur 20 !?... Alors là, bravo !...

L'enfant
Eh ben non, papa !... Poisson d'avril !!! J'ai eu zéro, comme d'habitude !...

6

Entrée de l'enfant, penaud et très inquiet.

Le papa, *intrigué.*
Holà !... Dis-moi, toi... Tu m'as l'air bizarre...

L'enfant
Ben, forcément : ce matin j'ai fait le problème, faux, alors...

Le papa
Encore !!!

L'enfant
Eh oui, encore... Et bien sûr, j'ai eu zéro...

Le papa
Et allez donc !... Écoute-moi bien : la prochaine fois, tu as intérêt à te débrouiller...

L'enfant
« Me débrouiller »... C'est vite dit...

Le papa
Tu n'as qu'à **copier** sur ton voisin, mon vieux...

L'enfant, *fièrement.*
Alors là, papa, pas question !..

Le papa
Ah ! bon ?... Pourquoi ?...

L'enfant
Copier, c'est justement ce que j'ai fait ce matin, alors...

——— 7 ———

Yannis

L'enfant
Papa ?...

Le papa
Oui ?...

L'enfant
Je te dis mes notes ?... Ou bien... je vais au lit, directement, sans souper ?... Bon, ça va, j'ai compris... Bonne nuit, papa... Bonne nuit...

8

Amandine A

L'enfant
Papa ?... Tu es prêt ?... Je vais te poser une charade...

Le papa
Je suis prêt, je t'écoute...

L'enfant
Alors... Mon premier est la première syllabe de « zébu »...

Le papa
Oui : « zé » !...

L'enfant
OK !... « zé »... Mon second est la dernière syllabe de « numéro »...

Le papa
« ro »...

L'enfant
Et mon tout, c'est la note que j'ai eue en orthographe. Tu as trouvé, papa ?... Ou bien « langue au chat » ?...

Le papa, *retroussant ses manches.*
Oh oui, que j'ai trouvé !...

L'enfant, *en s'esquivant.*
Bravo, papa ! Tu es vraiment le roi de la chamade !...

——————— **9** ———————

L'enfant, *content de lui.*
Papa, j'ai une bonne nouvelle : grâce à moi, tu vas faire des économies...

Le papa
Tiens donc !... C'est nouveau, ça...

L'enfant
Parfaitement : des économies... d'énergie !

Le papa
Grâce à toi ?... Et comment, je te prie ?...

L'enfant
Avec ma note de sciences !... Je vais encore être privé de télé pendant huit jours, alors...

Le papa
Ah ! Je comprends, maintenant...

L'enfant, *très « culotté ».*
Alors, papa, comment on dit à son petit garçon *(ou : à sa petite fille)* ?... On dit « merci » !!!

——————— **10** ———————

L'enfant
Papa, j'ai deux nouvelles à t'annoncer...

Le papa
Eh bien, je t'écoute, mon enfant...

L'enfant, *d'abord fièrement.*
Une bonne... *(Puis, en faisant la grimace)*... et une mauvaise... Je commence par laquelle ?...

Le papa
Commence par la mauvaise et garde la bonne pour la fin...

L'enfant
Bon d'accord !... Alors, la mauvaise, c'est... C'est que j'ai fait trente fautes à la dictée...

Le papa, *effaré.*
Trente fautes ! ? !...

L'enfant, *désolé.*
Eh oui, trente...

Le papa
Eh ben, dis donc !... Et la bonne nouvelle, alors ?...

L'enfant, *réjoui.*
La bonne nouvelle, c'est, qu'en plus, le maître m'a oublié trois fautes, en corrigeant !... Sympa, non ?...

11

L'enfant *(fille), innocemment.*
Papa, papa, tu connais la dernière ?

Le papa
Ben non, je ne connais pas la dernière… Je t'écoute…

L'enfant
Eh bien, la dernière… *(Elle fait une révérence.)*… C'est **moi**, papa !..

12

Amandine

L'enfant, *tristement.*
Papa… Hier, j'ai eu zéro en géographie…

Le papa
Allons, bon… Il y avait longtemps !..

L'enfant
Eh oui ! La maîtresse m'a demandé où se trouvait le Pérou…

Le papa
Et alors ?… Qu'as-tu répondu ?…

L'enfant
Ben, j'ai répondu : « Le Pérou se trouve en Afrique. »

Le papa, *dédaigneux.*
En Afrique, le Pérou !?… N'importe quoi !… Et pourquoi pas en Amérique du Sud ! Ignorant !

13

Elaine

Le présentateur ou la voix *off*.
Et si vous n'osez pas lui dire, chantez-**lui** !..

L'enfant, *chantant.*
Au clair de la lune, mon petit papa,
Du contrôle de dictée, j'ai le résultat.
Ma note n'est pas forte, je n'ai pas de pot,
C'est la catastrophe, car j'ai eu zéro !..

RIDEAU

Conception : Sarbacane
Réalisation : Arts graphiques Drouais
Illustrations : Nancy Ribard
N° de projet : 10182311 - D.L. mars 2001
N° d'impression : 11477
Achevé d'imprimer en France en septembre 2011
sur les presses de l'imprimerie France Quercy, 46090 Mercuès